LES POLONAIS.

LES POLONAIS,

Episode héroïque

EN VERS,

PAR N.s BARRET.

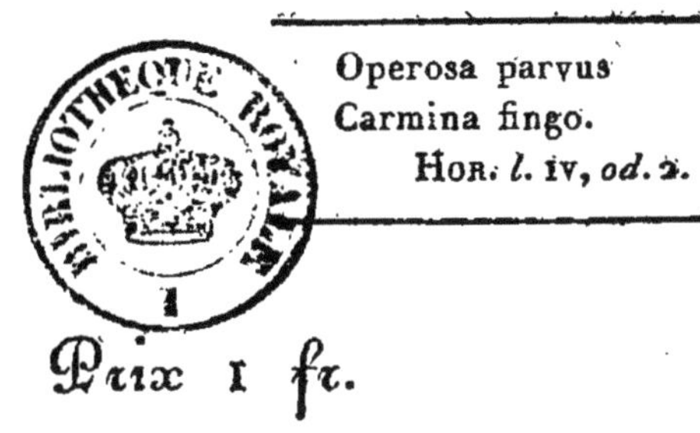

Operosa parvus
Carmina fingo.
HOR. *l.* IV, *od.* 2.

Prix 1 fr.

A LYON,
Chez M.me CUSIN, Libraire, quai et maison des Célestins.

1818.

De l'Imprimerie de J. M. BOURSY, place de la Fromagerie.

PRÉFACE.

JE n'ai pas pu oublier que j'avais contracté, il y a plusieurs années, des engagemens avec différentes personnes qui s'intéressaient à la publication du poème des *Celtes*. Je m'étais déjà mis en devoir de les satisfaire, lorsque des raisons puissantes me forcèrent d'en suspendre l'impression.

J'avais conçu, depuis long-temps, l'idée de consacrer dans un ouvrage le souvenir de la valeur et des exploits de nos armées, et j'avais vu la fin de mon travail sans pouvoir le présenter au public. Mais, enfin, le moment est arrivé où je pourrai acquitter ma dette, et c'est mon unique désir. Je n'attends de mes efforts ni gloire ni fortune; j'offre un tribut que j'avais préparé: puisse-t-il être reçu favorablement!

Je le sais, on le répète par-tout : l'on est fatigué de poésie; jamais les circonstances ne furent moins favorables aux Muses; toute l'attention, toutes les idées sont fixées sur les grands intérêts de la patrie : j'en conviens. Mais je vois aussi que tous les arts se sont ouvert une nouvelle carrière; je vois que tout ce qui tend à relever la gloire de la nation, est accueilli avec empressement; et enfin, je vois tous les esprits solides se délasser, par des lectures amusantes, des graves calculs de la politique. Je ne cours donc pas un plus grand danger que les écrivains, les peintres, les sculpteurs, etc. qui se sont emparés de ce riche domaine. Ce ne sont pas les circonstances, c'est le mérite des ouvrages qui décide de leur sort; et j'en connais beaucoup de justement estimés, qui ont paru dans des circonstances bien moins favorables. Je suis bien éloigné de me mettre en comparaison. Mais avant de m'exposer sur cette mer orageuse, j'ai résolu de sonder le goût du public et d'interroger son opinion. L'épisode des *Polonais* sera pour moi, comme ces ballons légers que les aéronautes lancent dans les airs, pour connaître la force et la direction du vent.

Je l'ai choisi de préférence, parce qu'il n'est pas une partie des Celtes; on verra, il est vrai, qu'il était d'abord destiné à entrer dans le poème; mais, après de mûres réflexions, je me suis décidé à le laisser à part comme un sujet isolé, qui retardait la marche de l'ouvrage dans lequel je reconnais assez d'autres défauts, sans y ajouter encore celui-ci. En prenant un épisode dans les Celtes, j'aurais été obligé de répéter deux fois le même sujet, et celui-ci présente plus de variété : d'où je conclus que je pourrais me flatter de quelque espoir de succès, si cet opuscule, tout faible qu'il est, était accueilli du public avec indulgence.

Clodomir aimait Flora qui, désolée de la mort de sa mère, renonça à son amant. Celui-ci prit le parti des armes et disparut (Les Celtes, *chant* 2.e). Ces deux amans se retrouvent (*chant* 8.e). Mais le devoir ne permet pas à Clodomir de s'arrêter. Enfin (*chant* 11.e) ils se promettent de s'épouser. La paix se fait.

C'est dans cette circonstance, que Jéveski, qui s'est donné à Clodomir, raconte ses malheurs. Le récit est puisé dans l'histoire, et la scène de la Tour s'est passée, *plusieurs fois*, dans le château de Kiow. Je termine par les fêtes et par les cérémonies du mariage de Clodomir, et je développe par quels motifs la fille d'Oginski délivre les prisonniers. Conformément à mon premier plan, je me transporte dans les siècles éloignés ; je n'ai rappelé quelques noms modernes, que pour jeter plus de clarté dans mon sujet, qui se rapporte à l'époque du premier envahissement de la Pologne. Le reste est d'invention.

Je finis cette trop longue préface, en assurant que je recevrai avec plaisir et avec reconnaissance toutes les observations et toutes les critiques qui me seront adressées, sous le rapport de l'art. Je me hâterai de les mettre à profit, toutes les fois qu'elles ne m'écarteront pas trop loin de la route que je me suis tracée.

LES POLONAIS,

Episode héroïque.

Assis sur le gazon, les guerriers empressés
Sur le noble écuyer tenaient les yeux fixés.
Les boucliers dorés, les casques et l'armure
Dispersés autour d'eux brillaient sur la verdure;
Un chêne dont les bras s'élevaient jusqu'aux cieux
Etendoit ses rameaux sur leurs fronts glorieux;
La Marne un peu plus loin, serpentant dans le plaine,
Allait mêler ses flots aux ondes de la Seine;
De Lutèce on voyait les remparts s'élever,
Et les guerriers poudreux dans ses murs arriver.
Le cercle s'arrondit, on garde le silence;
A peine l'on respire, et Jéveski commence :

« Fidèle à Clodomir, au milieu des combats,
De ce jeune guerrier j'accompagnai les pas.
Je vis son désespoir quand Flora désolée
Du trépas de sa mère, et d'ennuis accablée,
D'un hymen fortuné rompant les nœuds charmans,
Rendit à Clodomir son cœur et ses sermens;
Pour tromper sa douleur, il chercha les batailles;
Il vit de Sacrovir les tristes funérailles,

Jusqu'au milieu des feux j'osai l'aller chercher,
Et l'arrachai sanglant des flammes du bûcher.
Vaillans triomphateurs des plaines d'Italie,
Héros qu'ont illustrés les champs de Germanie,
Vous l'avez vu cent fois, plein d'une noble ardeur,
Confondu dans vos rangs signaler sa valeur:
Du Tartare et du Scyte il brava la furie,
Et dans des flots de sang leur fit vomir la vie.
L'audacieux Kogoul ose le défier,
Mais Clodomir s'élance et saisit ce guerrier,
Comme le jeune aiglon qui fond sur la colombe,
Et les flancs déchirés le barbare succombe.
Eh bien! ce Clodomir, victime de l'amour,
Délaissé d'une amante, et las de voir le jour,
Ce guerrier consumé de la plus belle flamme,
A retrouvé Flora qui régnoit sur son ame;
Ces amans vont s'unir par le plus saint des nœuds,
Et les feux de l'hymen vont s'allumer pour eux,
Mais ce pavois couvert d'un crêpe funéraire,
Ce casque sans cimier, cette lance étrangère,
Ont fixé vos regards. Vous ne vous trompez pas,
Je n'ai point vu le jour dans vos heureux climats.
Sur les rives du San j'ai reçu la naissance,
Et je fus aux combats instruit dès mon enfance;
Mes parens jouissaient du destin le plus beau,
Les lauriers de mon père ombrageaient mon berçeau;
La fortune à mes yeux étalait la richesse,
Et les jeux et les ris caressaient ma jeunesse.
Trop courte illusion de mes plus jeunes ans!
A peine avais-je atteint mon seizième printemps,

Que je ne respirais que l'amour et la gloire;
Pour plaire à la beauté j'appelais la victoire,
J'aimais jusqu'aux dangers qu'il me faudrait courir,
Et mon sang bouillonnait d'ardeur et de plaisir.
Il arriva trop tôt ce moment plein de charmes,
Qui devait me coûter tant de sang et de larmes!
  Des sommets de l'Athos, des rives du Nestus,
Le Bulgare et le Thrace, au pillage accourus,
Aux peuples du Strymon et de la Propontide
Ont uni leurs drapeaux sous Omar qui les guide;
Ils ont déjà franchi les bouches de l'Ister
Et porté la terreur aux bords du Niester.
Le bruit s'en répandit: nos cohortes s'armèrent
Et dans les murs d'Okna nos guerriers s'assemblèrent.
  Pour la première fois, au milieu du fracas,
J'entendais les clairons annoncer les combats;
Je sentais dans mon cœur une nouvelle flamme,
Un feu plus dévorant s'allumait dans mon ame,
Et voyant le danger augmenter mon ardeur,
Mon père, avec transports, me pressait sur son cœur.
  Un soir il me conduit, au milieu des ténèbres,
Dans des lieux éclairés par des lampes funèbres;
Une lourde barrière à peine peut s'ouvrir:
Nous entrons. Quel spectacle à mes yeux vient s'offrir?
De nos anciens héros j'aperçois les images,
Une profonde paix règne sur leurs visages;
Leurs fronts sont couronnés de lauriers immortels,
Et le plus pur encens brûle sur leurs autels.
  Dans ce caveau lugubre aux murs sont appendues
Les cuirasses d'acier et les lourdes massues;

Les haches, les poignards, les boucliers polis
Et les glaives brillans couvrent de noirs tapis;
Autour on a rangé les enseignes flottantes,
Les dards, les javelots et les lances sanglantes.
Dans ce triste séjour, j'en conviens, malgré moi
Je me sentis frappé de respect et d'effroi,
Tandis que plus tranquille, incliné vers la terre,
Mon père à nos héros adressait sa prière:

Vengeurs de la patrie, ombre de nos aïeux,
Qui venez reposer en ces paisibles lieux,
O vous, dont les travaux, le sang et la vaillance
De nos vastes états ont fondé la puissance,
Ladislas, Casimir, généreux Sobieski,
Ostrog, Fédri, Firley, Zavissa, Tarnouski,
Héros de mon pays, qu'en ces lieux on révère,
Daignez prêter l'oreille aux derniers vœux d'un père.

Préférant au repos la fatigue des camps,
J'ai sous vos étendards, cambattu quarante ans;
Malgré la même ardeur et le même courage,
Dans mes veines mon sang reste glacé par l'âge;
Mes bras se sont lassés. Mais souffrez que ma voix
Long-temps dans nos conseils fasse parler vos lois.

Si chez les fils d'Othman je portai l'épouvante,
S'ils fléchirent courbés sous ma main triomphante,
Au nom de mes travaux, au nom de vos vertus,
Au nom des Jagellons de gloire revêtus,
Sur ce fils prosterné, des voûtes éternelles,
Daignez laisser tomber vos bontés paternelles;
De ce jeune guerrier accompagnez les pas,
Raffermissez son cœur au milieu des combats.

A travers les dangers instruisez sa jeunesse,
Et prêtez-lui vos bras avec votre sagesse.
Pressé par l'ennemi, s'il tombe sous ses coups,
Accordez-lui l'honneur de mourir comme vous.
Que son sang prodigué s'écoule avec sa vie,
Qu'il mérite, en mourant, les pleurs de sa patrie ;
Fameux par ses vertus, fameux par ses hauts faits,
Que son nom glorieux ne s'efface jamais.
Il dit : il me choisit la plus riche cuirasse,
Une lance, un pavois, ... il soupire et m'embrasse. »
Les guerriers attendris écoutent ce récit,
L'attention redouble, et Jéveski poursuit :
« Nous sortons du sépulcre, et je vois la lumière ;
Nous entendons sonner la trompette guerrière :
Il faut partir, mon fils, la gloire vous attend ;
Des murs de Sandomir il faut fuir à l'instant.
N'allez pas d'une mère affliger la tendresse :
C'est moi qui prendrai soin d'adoucir sa tristesse :
Songez à devenir digne de son amour,
Partez sans différer : adieu, voici le jour.
Ainsi parlait mon père, et, malgré son courage,
Je voyais quelques pleurs sillonner son visage :
Docile à ses conseils, je quitte ce guerrier,
Et vers les murs d'Okna je guide mon coursier.
Mais en vain je fuyais ma mère délaissée,
Son image chérie affligeait ma pensée ;
Je voyais sa douleur, j'entendais ses regrets,
Son ombre me suivait à travers les forêts ;
Elle me rappelait d'une voix éperdue,
Je m'arrêtais, et l'ombre échappait à ma vue ;

Alors je lui criais : ta peine va finir,
Et couvert de lauriers ton fils va revenir.
L'astre du jour, trois fois, s'était plongé dans l'onde,
Et la nuit de son voile allait couvrir le monde;
Mais je pouvais encor distinguer les remparts,
Et je voyais de loin flotter nos étendards.
Je presse mon coursier, j'arrive hors d'haleine.
Du premier pont la garde a fait lever la chaîne;
Je m'écrie, en dehors : *Patrie* ! et la garde répond;
Alors j'ajoute : *Honneur* ! et l'on baisse le pont.
Je traverse le camp, la foule m'environne,
Je rejoins nos héros que ma présence étonne.
Quels généreux transports ! quels tendres sentimens !
Pour un jeune soldat quels doux embrassemens !
La joie entre leurs bras faisait couler mes larmes,
Et d'un si doux accueil je savourais les charmes.
Là, je vis Dombrouski, Nazévis et Ficher,
Ficher aussi vaillant que le brave Kalder,
Aussi prudent que lui, mais moins heureux peut-être.
Sous le même climat le destin nous fit naître;
Nous devînmes amis. Ainsi deux arbrisseaux
Plantés l'un près de l'autre unissent leurs rameaux.
Razivil, Krasinski sur leur cœur me pressèrent,
Sokolniki, Diurbas et Miler m'embrassèrent.
Et quelle voix pourrait nommer tous les héros
Que la Pologne alors comptait sous ses drapeaux !
Nommerai-je Obertin le vainqueur des Tartares;
Constantin loin d'Orsa rejetant ces barbares ?
O plaines de Varna ! Par Hussein égorgé,
Repose, Ladislas, tu vas être vengé;

Boleslas nous conduit. Ah ! bientôt la victoire
En terminant ses jours va le combler de gloire.
L'aurore, du soleil annonçait le retour ;
Ses coursiers azurés avaient soufflé le jour,
Et déjà des remparts on voyait dans la plaine
Vaciller des pavois la lumière incertaine.
Notre ennemi s'approche en poussant de grands cris :
Il compte nous surprendre, et lui-même est surpris.
Nous franchissons du camp les ponts et les murailles,
Et nous nous avançons au signal des batailles. »
Le feu brille, à ces mots, dans les yeux des guerriers ;
Les uns prennent leurs dards, d'autres leurs boucliers :
On diroit que contre eux les ennemis s'avancent,
Les plumets ondoyans dans les airs se balancent.
Jéveski, pour calmer ce bouillant mouvement,
Interrompt ce discours et respire un moment.
Les guerriers étonnés déposent leur armure ;
A ce trouble subit succède un doux murmure,
Le silence renaît ; plus calmes, les héros
Ecoutent Jéveski, qui poursuit en ces mots :
« Des arcs, avec effort, les cordes sont tendues,
La flèche siffle, part et retombe des nues ;
Du fer des ennemis nos soldats sont atteints,
Et de leur sang les prés et les sillons sont teints.
Mais nous leur vendons cher ce léger avantage :
La honte de céder accroît notre courage ;
Nos lances en arrêt, nous poussons nos coursiers,
Nous foulons sous nos pas des escadrons entiers ;
Des cris des ennemis notre valeur s'irrite,
Et dans leur rangs ouverts la mort se précipite.

Soudain leur nombre augmente, ils s'avancent serrés;
De leurs glaives tendus nous sommes entourés :
Cette nouvelle audace un moment nous étonne,
Nous forçons ce rampart; par-tout le sang bouillonne,
Et nos soldats suivant des chemins différens,
La lance dans les reins les poussent expirans.
De ses ailes la nuit les couvre dans leur fuite.
Boleslas, trop ardent, se met à leur poursuite;
Ce guerrier fond sur eux : mais, ô moment fatal!
Une flèche lancée atteint le général;
Son sang, comme un ruisseau, coule et rougit l'arêne;
Il chancelle, il languit et son coursier l'entraîne.
Le bruit de ce malheur précipita nos pas,
Et le ciel nous rendit témoins de son trépas;
Il lève en nous voyant sa pesante paupière :
« Pour la dernière fois je revois la lumière;
Mon destin s'accomplit, rien ne peut l'arrêter,
La mort vient me saisir et je vais vous quitter;
Ne pleurez point mon sort, il est digne d'envie,
Sous nos drapeaux vainqueurs j'abandonne la vie.
C'est vous que je dois plaindre, amis infortunés,
A de plus grands malheurs après moi destinés;
Puissiez-vous ne pas voir la victoire infidelle,
A vos nobles efforts une autre fois rebelle!
Quand, au mépris des lois, des ravisseurs hardis,
De nos états sanglans partageant les débris,
Sur nos peuples vaincus étendront leurs conquêtes;
Quand sous un joug de fer ils courberont vos têtes,
Tournez vers le midi vos regards affligés,
Appelez ses guerriers et vous serez vengés.

Alors, prenant son vol, l'ange de la victoire
Conduira l'aigle blanche au chemin de la gloire ;
Conservez cet espoir au milieu des revers,
Un siècle plus heureux viendra briser vos fers. »
Il dit : et refermant sa paupière affaiblie,
Il perd, entre nos bras, la parole et la vie.
Heureux ! si comme lui, percé d'un trait mortel,
J'avais pu m'endormir d'un sommeil éternel !
Enfin nous célébrons sa pompe funéraire,
Et la paix nous promet un avenir prospère ;
Alors j'ose rêver à ma félicité :
Quel mortel de mon sort n'eût pas été flatté !
Teint du sang ennemi, j'allais de mon courage
Offrir à mon vieux père un brillant témoignage :
Le vaillant Otroski m'avait promis sa sœur,
Elle avait mon amour, je possédais son cœur ;
Dans mes champs fortunés, au sein de l'innocence
Je pouvais, sans rougir, nager dans l'abondance.
Doux charmes du bonheur que j'ai si peu connus,
Transports de volupté, qu'êtes-vous devenus ?
J'apercevais déjà les foyers de mes pères ;
Je saluais de loin nos arbres tutélaires,
Quand un soldat obscur, les yeux baignés de pleurs,
Accourut m'annoncer ma perte et mes malheurs.
De mon père expirant une lettre tracée,
Apprenait à son fils sa dernière pensée ;
Ma mère n'était plus, et des soucis cuisans
Avaient porté l'angoisse et la mort dans ses sens.
Je serre sur mon cœur cette lettre fatale,
Je m'éloigne, en pleurant, de ma terre natale,

Je rejoins nos guerriers. Mais j'en ai dit assez,
Le monde a vu ce crime, et vous le connaissez;
Que pouvait opposer un peuple sans défense
A vingt peuples ligués, jaloux de sa puissance,
Qui la torche à la main, parcourant nos états,
Portaient de tous côtés la flamme et le trépas?
Palais de nos aïeux! demeures adorées!
Murailles de Praga, par leurs feux dévorées,
Dites aux Nations, comment, dans leurs fureurs,
Des Scytes assassins, de barbares vainqueurs,
Par d'horribles sermens cachant leur perfidie,
D'une vaste cité préparaient l'incendie.
C'était pendant la nuit. Dans les bras du repos
Vingt mille citoyens surpris par leurs bourreaux,
S'éveillèrent au bruit des flammes dévorantes.
Dites leur désespoir, leurs clameurs déchirantes,
Quand sous leurs toits croulans, par les feux ravagés,
Sans armes, sans défense ils furent égorgés.
L'enfant mêla son sang à celui de sa mère,
Le fils percé tomba sur le corps de son père;
Ceux-ci les poings coupés, ou les bras mutilés
Soulevaient vers le ciel leurs regards désolés;
Et ceux-ci poursuivis par la flamme en furie,
Dans la fange plongés abandonnaient la vie.
Les pleurs de la vertu, les grâces, la beauté
Ne purent triompher de leur férocité;
Le fer massacra ceux que les feux épargnèrent,
Dans des torrens de sang ces monstres se baignèrent.
La Vistule s'enfuit loin de ses bords fumans
Et roula jusqu'aux mers les cadavres sanglans.

Vous frémissez, guerriers, à cette horrible image,
Pour entendre le reste, armez-vous de courage;
Je ne veux que le temps d'essuyer quelques pleurs
Que doivent m'arracher de si justes douleurs. »

Il garde le silence, et deux ruisseaux de larmes
Coulent sur son visage et tombent sur ses armes;
Il veut continuer; coup sur coup les sanglots,
Dès qu'il ouvre la bouche, interrompent ses mots.
Sa tête entre ses mains est tristement baissée,
Sous le poids du malheur elle semble affaissée;
Il repousse à la fin ce souvenir affreux,
Et reprend, en ces mots, son récit douloureux.

« Nos guerriers indignés, brûlans d'impatience,
D'un si noir attentat méditaient la vengeance;
Entourés d'ennemis, sans espoir, sans secours,
Nous voulions illustrer le dernier de nos jours;
Préparés à mourir, mourir avec courage,
Ou, le fer à la main, nous ouvrir un passage;
Aller de nos amis ressusciter l'ardeur,
Et revenir ensemble écraser l'oppresseur.

Au centre des forêts notre troupe rangée,
Dans un profond repos était encor plongée;
Car l'astre de la nuit, sous la voûte des cieux,
Guidait de ses coursiers les pas silencieux:
Enfin le Dieu du jour rentre dans sa carrière,
Mais un voile sanglant obscurcit sa lumière;
Des nuages épais flottent autour de nous,
Les aquilons fougueux mugissent en courroux;
Les chênes agitaient leurs têtes vénérables,
Et l'écho redisait des plaintes lamentables.

2..

Je distinguais des cris : guerriers, sans m'alarmer,
Moi-même, plusieurs fois, je m'entendis nommer;
Soit que déjà du ciel le bonté secourable
Voulût me prévenir de mon sort déplorable,
Soit que ma mère en pleurs, attachée à mes pas,
Elle-même voulût m'annoncer son trépas.
Les clairons ont sonné, malgré notre faiblesse,
Une froide valeur, la prudence et l'adresse
D'un succès apparent couronnent nos efforts.
Nous foulons à nos pieds les mourans et les morts;
Ainsi que des lions affamés de carnage,
Dans les rangs éclaircis nous portons le ravage,
Le sang coule à grands flots sous nos glaives aigus,
Déjà les ennemis se dispersent rompus :
Une grêle de traits siffle avec la tempête,
S'épaissit dans les airs, et tombe sur leurs têtes;
La hache à deux tranchans frappe de toutes parts,
Et fait voler l'armure et les membres épars.
Nous plongeons dans leurs flancs nos lances meurtrières
Et nous voyons enfin reculer leurs bannières.
Nous allons triompher. Dans un épais taillis,
Par de nouveaux guerriers nous sommes assaillis;
Nous redoublons d'audace. O peines superflues!
De nos arcs humectés les cordes détendues
Ne lancent plus qu'un trait sans force et sans roideur,
Qui meurt sur la cuirasse et tombe sans vigueur.
Pour diriger nos coups nous n'avons plus d'espace,
A travers les rameaux la lance s'embarrasse,
Tandis que contre nous les ennemis serrés
Ne portent dans nos rangs que des coups assurés;

Sous le glaive acéré, sous la lance homicide,
Le sang, des deux côtés, roule sous l'herbe humide.
Nous voyons ce péril sans trouble et sans effroi.
 Plusieurs de nos guerriers tombent autour de moi :
Je cours pour les venger, quand une javeline
Avec force lancée entr'ouvre ma poitrine.
A l'instant, mon coursier d'une flèche est percé,
Il se cabre, et, sous lui, je tombe renversé.
Je perds, avec mon sang, la force et le courage,
Une sueur glacée inonde mon visage ;
Je me sens défaillir : je frissonne, et mes yeux
Se ferment lentement à la clarté des cieux.
 Quel cruel prolongea mes jours et mon supplice ?
Quelle main me rendit un si barbare office ?
Je retrouve mes sens. O funeste réveil !
Mes yeux cherchent en vain les rayons du soleil :
Dans un cachot obscur, au centre de la terre,
Je ne reçois qu'à peine une faible lumière.
Ma plaie était bandée ; un reste de chaleur
Par bonds irréguliers faisait battre mon cœur.
 Je sentais, à regret, mes douleurs soulagées :
Mes mains d'indignes fers avaient été chargées ;
Sur quelques brins de paille on m'avait enchaîné,
A tout mon désespoir j'étais abandonné.
Je jette autour de moi quelques regards stupides ;
Je vois avec effroi ces murailles humides,
Où les traces d'un sang fraîchement répandu
Redoublent la terreur de mon cœur éperdu.
Je trouve sous ma main une hache sanglante,
Et tout mon corps ému frissonne d'épouvante.

Mais, au fond du cachot, dans mon cœur oppressé,
Je ne retrouve plus mon courage glacé.
Je me souviens alors des adieux de mon père:
Ce tendre souvenir calme un peu ma misère.
Je cherche, impatient, cet écrit révéré.
Sur mon sein, par hasard, il était demeuré;
A travers les barreaux un reste de lumière
Glisse, et m'aide à relire une lettre si chère.
« C'en est fait, mon cher fils, notre empire n'est plus:
L'esclavage ou la mort attendent les vaincus.
On vient de consommer ce criminel partage:
Chacun s'est disputé sa portion du pillage;
Aucun de nos voisins n'est sensible à nos maux,
Et l'Europe indignée est restée en repos.
Mais je compte sur vous et sur votre vaillance,
Allez justifier ma dernière espérance;
Avec tous nos guerriers par la vengeance unis,
Pour vaincre ou pour mourir marchez aux ennemis.
Mon fils, il n'est plus temps d'épargner votre vie;
Elle n'est pas à vous, elle est à la Patrie:
Quand elle la demande, il vous faut obéir;
Pour elle vous viviez, pour elle il faut mourir.
Hélas! que pourriez-vous regretter sur la terre?
Votre absence a fini les jours de votre mère;
Moi-même je succombe, et, dans ce jour, la mort
Au gré de mes souhaits, va terminer mon sort.
Ne vous affligez point, mon ombre paternelle
Jusqu'à vous descendra de la voûte éternelle.
Au milieu des combats toujours je vous suivrai,
Et dans l'affliction je vous consolerai.

Comme moi, près de vous, la mère la plus tendre
Viendra sécher les pleurs qu'il vous faudra répandre.
Assis entre nous deux, songez dans vos revers,
Que votre mère et moi nous partageons vos fers.
Pour la dernière fois, mon fils, je vous embrasse,
Et parmi nos héros je vous garde une place. »
Ces mots en traits de feu dans mon ame gravés,
Jusqu'au dernier soupir y seront conservés.
Je tenais dans mes mains ces lignes consolantes,
Et je les arrosais de mes larmes brûlantes;
Souvent je les pressais, pour calmer ma douleur,
Sur ma bouche enflammée, et souvent sur mon cœur.
Soudain de mon cachot j'entends rouler la porte.
De farouches soldats une affreuse cohorte
Sur moi se précipite, accourt pour me ravir
De mon père expirant ce dernier souvenir.
« Qui peut vous inspirer un dessein si funeste?
Ah! ne m'arrachez pas le trésor qui me reste;
D'un père infortuné les suprêmes adieux,
Des biens qu'il m'a laissés sont le plus précieux. »
Mais je conjure en vain, leur froide barbarie
Emporte, en m'insultant, ce bonheur de ma vie;
Mes prières, mes pleurs, rien ne les attendrit.
De mes cris déchirans le cachot retentit;
Mon sang impétueux bouillonnait dans mes veines,
Et, comme un forcené, je secouais mes chaînes.
On craint que ces transports n'abrègent mes tourmens,
On relâche mes fers. Après quelques momens,
On m'arrache, en secret, de ma demeure obscure:
Je monte, je jouis d'une clarté plus pure,

Et de l'astre du jour les rayons bienfaisans
Ont reporté le calme et la paix dans mes sens.
A travers les barreaux, je promenais ma vue
Sur des bois sourcilleux d'une immense étendue :
De ces forêts un fleuve embrassait le contour,
Et j'entendais ses flots battre au pied de ma tour.
Mais mes yeux fatigués de répandre des larmes,
Du sommeil fugitif ne goûtaient plus les charmes.
Dans l'ombre de la nuit, souvent il me semblait
Qu'accablé de douleur un ami m'appelait :
Dans une langue chère à mon ame attendrie,
J'entendais répéter ces mots : *Honneur*, *Patrie* ;
Par des gémissemens le trouble commençait,
On frappait un grand coup, et le bruit finissait.
La hache en main, couvert d'une armure sanglante,
Vers le soir, un soldat à mes yeux se présente :
« Il faut mourir, dit-il, ou trahir ton pays,
Abjure tes sermens, ta vie est à ce prix ;
Si tu ne veux périr dans ce séjour du crime,
D'un honneur insensé crains d'être la victime :
Vos états ne sont plus. Dispose de ton sort,
Tu tiens entre tes mains et ta vie et ta mort ;
Ce soir, tu connaîtras quelle peine cruelle
Sait punir un coupable ou dompter un rebelle. »
Il s'éloigne. Indigné d'un si cruel affront,
Une noble rougeur s'étendait sur mon front,
Mes nerfs étaient crispés, j'avais les dents serrées,
Les paroles erraient dans ma bouche égarées.
Quoi, disais-je en moi-même, insulter au malheur !
Me croire, dans les fers, un mortel sans honneur !

Je serais un parjure, et par une infamie,
Je voudrais acheter une honteuse vie?
Périssons mille fois. Mânes de mes aïeux,
Pour voir couler mon sang descendez en ces lieux;
Je suis prêt à braver la mort la plus cruelle,
Je meurs pour mon pays à mes sermens fidèle.
Et vous, mon père, et vous, témoin de mon trépas,
Attendez votre fils, il vole dans vos bras.
La nuit a ramené le deuil et les ténèbres,
Et couvre l'univers de ses voiles funèbres.
Le bruit a commencé : de longs gémissemens
Viennent de m'annoncer l'heure de mes tourmens;
Les verroux ont crié : j'entends le bruit des chaînes
Qui monte lentement des voûtes souterraines.
Il vient; la porte s'ouvre. Au milieu des flambeaux,
Je vois un prisonnier conduit par ses bourreaux;
Je vois étinceler la hache sanguinaire,
Qui va trancher ses jours et finir sa misère.
A genoux, devant moi, le captif est placé,
Sur cet infortuné mon œil reste fixé :
Je vole entre ses bras, dans les miens je le presse;
C'est toi, brave Vahier! ô douleur! ô tendresse!
O noble compagnon de mes premiers travaux!
Je verrais, sous la hache, expirer un héros!
Quel injuste destin t'a mis en leur puissance?
Hélas! tes bras lassés ont trahi ta vaillance.
Je le baigne de pleurs; mais, malgré mes efforts,
Sans pitié l'on m'arrache à de si doux transports.
« Cesse de t'affliger, dit-il; leur barbarie,
Pour ébranler ta foi, va m'arracher la vie;

Mais je meurs satisfait : jamais leur cruauté
N'a lassé ma vertu ni ma fidélité.
Le même sort t'attend ; rappelle ta constance,
Meurs, comme moi, tranquille avec ta conscience;
Honore ton pays par un si beau trépas,
Regarde-moi mourir, et ne murmure pas. »
Et la hache levée à le frapper s'apprête.
Elle tombe. A mes pieds je vois rouler la tête,
Elle murmure encor. Je palpitais d'effroi,
Et le sang tout fumant rejaillissait sur moi.
Je m'écrie en fureur : voilà le coup barbare,
Voilà le coup fatal qu'à moi-même on prépare !
Rejoignez deux amis. Quoi ! vous ne frappez pas ?
Cruels, c'est trop long-temps différer mon trépas. »
Les guerriers s'indignaient à ce récit fidèle :
L'un essuyait les pleurs qui mouillaient sa prunelle;
L'autre, plus incrédule et le front sourcilleux,
Ne pouvait concevoir ce forfait odieux.
Tous fixaient Jéveski dans un profond silence,
Tous frémissaient d'horreur et murmuraient: vengeance.
« Je me retrouve seul en proie à ma douleur,
Sans pouvoir repousser ce spectacle d'horreur ;
Je voyais à mes pieds cette tête sanglante,
Ces yeux fixés sur moi, cette bouche expirante
Qui semblait me parler, et ce corps renversé,
Les membres languissans, sur le carreau laissé.
Depuis trois jours privé des soutiens de la vie,
J'éprouvais les tourmens d'une lente agonie.
La lune dans le ciel rallumait son flambeau,
Et sa clarté glissait au fond de mon tombeau :

J'ouvrais encor les yeux; cette faible lumière
Me laisse apercevoir comme une ombre légère,
Qui s'avance vers moi d'un pas silencieux,
Tremblante de troubler le calme de ces lieux.
Elle est auprès de moi; je l'entends qui respire;
Elle tient un poignard qu'à l'instant elle tire;
Je sens que sur mon cœur elle a posé sa main,
Elle va pour lever son poignard inhumain.
Cependant les sanglots se pressent au passage,
Les pleurs qu'elle répand inondent mon visage:
C'est une femme; ô ciel! dans mon étonnement,
Pour arrêter son bras je fais un mouvement.
« Lève-toi, me dit-elle, et garde le silence,
Il faut de tes bourreaux tromper la vigilance.
Deux de tes compagnons, comme toi prisonniers,
Délivrés par mes mains sont sortis les premiers.
Prends ce fer; je connais une porte secrète
Et je vais prendre soin d'assurer ta retraite;
Que le ciel protecteur nous guide tous les deux,
Va jouir loin de moi d'un destin plus heureux. »
O surprise! ô bonheur! ô messager céleste!
Quel tendre soin t'amène en ce séjour funeste?
Ta main brise mes fers!... parle, Divinité,
A qui dois-je ma vie et ma félicité?
« Il n'est pas temps encor, guerrier, de t'en instruire,
Prends ma main dans la tienne et laisse-toi conduire. »
Par des détours obscurs nous marchons à pas lents,
Mais je sens défaillir mes esprits chancelans:
Arrêtons un moment; mes genoux s'affaiblissent
Et mes yeux obscurcis de larmes se remplissent,

Lui dis-je alors tout bas, il faut subir mon sort:
Puissé-je, en expirant, ne pas causer ta mort!
« Eh quoi! tu perds courage, infortuné! dit-elle,
Reprends, en respirant, une force nouvelle,
Presse-moi sur ton sein, une soudaine ardeur
Avec ce doux baiser va passer dans ton cœur.»
Je me penche sur elle, et ce souffle de flamme
Glisse comme un éclair jusqu'au fond de mon ame.
Prodige! ce baiser par ses charmes puissans
Dissipe ma faiblesse, et ranime mes sens.
Docile, j'obéis à la main qui me guide,
Nous descendons au pied d'un escalier rapide;
Nous entendons marcher, nous arrêtons nos pas;
De peur de nous trahir nous ne respirons pas.
Le bruit s'est éloigné, tout est dans le silence.
« C'est la garde, dit-elle, elle est rentrée, avance,
Je vais ouvrir. Quelqu'un pourrait nous arrêter,
Tiens le poignard levé, frappe sans hésiter. »
Une dernière porte à nos craintes offerte
A roulé sur ses gonds, et sans bruit s'est ouverte.
Mon conducteur, toujours intrépide et prudent,
Le cou tendu, l'œil fixe, examine un instant;
Au souffle du zéphir prête long-temps l'oreille.
« Là-haut, sur le rempart, la sentinelle veille,
Dit-il, il faut tromper ses regards curieux,
La plus profonde nuit règne encor dans ces lieux;
Suis au pied du rempart, son ombre favorable,
Seule, je vais répondre à la voix redoutable. »
J'abandonne mon guide, et, dans l'obscurité
Je crains de rencontrer la plus faible clarté!

Car je voyais de loin, sur la route moins sombre
Son voile blanchissant se dessiner dans l'ombre:
Elle fait quelques pas, et l'effrayante voix
Lui crie: Arrête ou meurs, réponds, qui que tu sois.
Alors, sans s'émouvoir, et du ton le plus tendre
Au guerrier vigilant elle se fait entendre.
« Soldat de ce rempart, laisse passer Enna,
Hier, avant la nuit son époux l'ordonna. »
« Je reconnais la voix, répond la sentinelle;
Passez en sûreté, passez, Enna la belle. »
Je la suis, de son voile elle couvre mon front,
Je me serre auprès d'elle, et nous passons le pont.
« Te voilà libre, parts; il faut que je te quitte,
Je ne saurais plus loin favoriser ta fuite;
J'ai, dans mon triste sort, autant que je l'ai pu,
Soulagé l'infortune, et sauvé la vertu.
Pendant quelques instans suis cette même route,
Mais quand les pins courbés s'arrondiront en voûte,
Prends le premier sentier: à gauche, un peu plus bas
Une pauvre chaumière arrêtera tes pas,
(Le chemin n'est pas long) c'est là qu'il faut te rendre,
C'est là que deux amis ont ordre de t'attendre:
Pour venger mon pays, j'ai dû vous conserver,
Heureuse, si mes soins pouvaient tous vous sauver! »
Je tombe à ses genoux, de sa robe flottante,
Je baise, avec respect, la bordure ondoyante;
Des pleurs du sentiment mes yeux étaient noyés,
Je les sentais rouler et tomber sur ses pieds:
« Daignez me pardonner. Ah! ma reconnaissance
Ne saurait s'égaler à votre bienfaisance.

C'est vous, Enna la belle ! oui, je vous reconnais;
O fille d'Oginski ! ce sont là vos bienfaits !
Quand vous me prodiguez vos bontés tutélaires,
Votre cœur héritier des vertus de vos pères
Est un vase rempli d'un parfum précieux
Dont l'odeur se répand et monte vers les cieux.
Appui de l'infortune, acceptez mon hommage,
Ma liberté, ma vie, ont été votre ouvrage. »
A ses pieds prosterné, je croyais lui parler,
Et déjà, loin de moi, je l'entends s'envoler.
L'Epouse de Tithon ramenait la lumière,
Je me lève, je marche, et je vois la chaumière.
Quel spectacle touchant s'offre à mes yeux surpris !
Je retrouve Ficher, Ficher et Nazévis.
Le cœur gonflé de joie, ô moment plein de charmes !
Nous pouvons respirer et confondre nos larmes;
Sur le sein l'un de l'autre à nos transports livrés,
Du plaisir le plus pur nous sommes enivrés.
« Il faut nous arracher à cette douce ivresse,
Dit alors Nazévis, songez que le temps presse;
Pour braver les périls qu'il nous faut redouter,
Du pain de l'indigent sachons nous contenter;
De ce vase grossier épuisons l'onde pure,
Ce modeste secours suffit à la nature.
Comme ici tout respire et le deuil et la mort,
L'opulent et le pauvre ont eu le même sort !
Le laboureur a fui son paisible héritage,
Ses filles et ses fils pleurent dans l'esclavage.
Humble et chaste chaumière, asile de la paix,
Nous allons te quitter peut-être pour jamais.....

Puisses-tu nous revoir, armés par la vengeance,
Sous ton chaume désert ramener l'innocence! »
De nos casques dorés nous brisons les cimiers,
Nous couvrons de lambeaux nos tristes boucliers,
L'aigle blanche est voilée; une casaque obscure,
En déguisant nos traits, cache aussi notre armure.
Nous partons. Et, le jour, cachés dans les forêts,
Des ours nous habitions les repaires secrets;
Mais quand Phœbé levait son flambeau dans les nues,
Nous percions des halliers les routes inconnues;
Les lacs ni les marais, les fleuves débordés,
N'étaient point un obstacle à nos pas hasardés;
Des torrens écumeux, des rivières profondes,
Sans se lasser jamais, nos bras fendaient les ondes.
Pour soutenir nos jours, par le hasard offerts,
Les buissons nous donnaient leurs fruits âpres et verds;
Ou la prune agaçante, ou la pomme sauvage,
Et l'eau bourbeuse et trouble était notre breuvage.
Le soleil trente fois avait marqué les jours,
Et du Rhin désiré nous franchissons le cours.
O moment fortuné! Le front dans la poussière,
Daigne nous recevoir, ô terre hospitalière!
Chassés de nos foyers, dans l'univers errans,
Nous venons d'échapper aux fers de nos tyrans:
O peuples généreux! quand le sort nous exile,
Sous vos toits protecteurs donnez-nous un asile;
Accordez ce bienfait à des guerriers jaloux
De l'honneur de combattre et de vaincre avec vous! »
Les Celtes, à ces mots, transportés d'alégresse,
Embrassent Jéveski, dissipent sa tristesse,

Frappent leurs boucliers, et de leurs cris joyeux
Font retentir la plaine et la voûte des cieux.
Cependant un guerrier traverse la prairie;
Il s'avance à grands pas, on l'entend qui s'écrie :
Amis, que faites-vous plongés dans la langueur,
Savez-vous que ce jour est un jour de bonheur?
Etendus mollement sur les fleurs de ces rives,
Consumez-vous le temps en paroles oisives?
Déjà les instrumens commencent leurs concerts,
A la joie, au plaisir tous les cœurs sont ouverts,
Et vous n'accourez pas! D'un si bel hyménée
Venez tous embellir la pompe fortunée :
Laissez-là les combats, la gloire et ses lauriers,
Le myrthe sied aussi sur le front des guerriers.
Il dit; et, dans l'instant, la troupe diligente
Suit ses pas, et rejoint la foule impatiente.
A l'ombre des tilleuls, sur la mousse des prés,
Des siéges de verdure ont été préparés :
Au bruit des fiers clairons, à leur noble harmonie,
Les flûtes, les haut-bois mêlent leur mélodie;
Sur les siéges chacun au hasard s'est placé,
L'espace s'élargit, la danse a commencé.
Les vierges de la Marne et celles de la Seine,
Le front paré de fleurs, s'avancent sur la scène;
Les nymphes de la Loire abandonnent aux vents,
Et leurs voiles légers et leurs cheveux flottans.
Les filles des hameaux, des vallons, des montagnes,
Pour suivre le plaisir, ont quitté leurs campagnes.
Heureux de contempler tant d'attraits à la fois,
Les guerriers incertains n'osent fixer leur choix;

Sur les vierges chacun promène un œil avide ;
On hésite long-temps, enfin l'on se décide.
Quel moment pour l'amour ! On donne le signal,
On se prend, on s'enlace, on fuit d'un pas égal.
L'un de son pied léger effleure la poussière,
L'autre, comme un géant, semble fouler la terre ;
Celui-ci sous le lin fixe des yeux discrets,
Et d'un bouton naissant dévore les attraits ;
Celui-là, plus hardi, d'une main criminelle,
Presse un sein palpitant sous la toile infidèle.
L'une d'un air décent repousse un séducteur ;
L'autre, les yeux baissés, sourit à son vainqueur :
Celle-ci, les yeux pleins d'une céleste flamme,
Laisse éclater les feux qui consument son ame ;
Sa bouche haletante appelle le baiser ;
Mais la nymphe en courroux feint de le refuser ;
Et celle-là cédant à l'amant qui l'entraîne,
Dans ses bras arrondis le surprend et l'enchaîne.
Oh ! que d'heureux larcins ! La pudeur en rougit,
La volupté soupire et l'amour applaudit.
Mais soudain la trompette a sonné la fanfare,
Pour aller prendre place il faut qu'on se sépare.
L'un sur l'autre alignés, les platanes épais
De leurs rameaux touffus couvrent les gazons frais ;
Les zéphirs embaumés s'agitent sous l'ombrage,
Et les oiseaux heureux poursuivent leur ramage.
Au fond de l'avenue, un Druide sacré
Tient dans ses mains la flamme et le gui révéré ;
Les Eubages parés de feuilles verdoyantes,
Font monter de l'encens les vapeurs ondoyantes ;

Et sur leurs harpes d'or, les Bardes glorieux
Préludent de l'hymen les chants religieux.
Les vierges, en chantant et baissant la paupière,
Sur la pelouse humide avancent les premières ;
Devant elles les fleurs parfument les berceaux,
Et les chênes émus inclinent leurs rameaux :
A leur suave haleine, à leur démarche aisée,
On croit voir les zéphyrs glissant sur la rosée.
Quand les fils de Titan, pour détrôner les Dieux,
Vers l'Olympe marchaient d'un pas audacieux,
Leurs regards menaçans épouvantaient la terre,
Et leur front rassuré défiait le tonnerre.
De même les guerriers fièrement s'avançaient,
Au bruit de leurs parois les échos frémissaient :
Ils font trembler le ciel ; et d'un regard superbe,
Et d'un pied dédaigneux ils semblent fouler l'herbe.
Après eux, Jéveski, comme son écuyer,
Porte de Clodomir le riche bouclier ;
On voit, dans le milieu, fleurir une immortelle,
Avec ces mots autour : *Pour la gloire et pour elle.*
Sur le char triomphal Clodomir est monté,
La modeste Flora rougit à son côté ;
Quatre jeunes coursiers, la prunelle brûlante,
Abandonnent aux vents leur crinière flottante ;
Ils mâchent un frein d'or, et, prêts à s'emporter,
Bondissent sous la main qui veut les arrêter.
De chantres inspirés une troupe immortelle,
Environne le char qui marche au milieu d'elle.
Le Barde renommé dans toute la Celtique,
Le fameux Augurèle entonne le cantique :

Le char s'ébranle; on garde un silence profond,
Augurèle commence, et la foule répond:

Présent des immortels, ô ma lyre sacrée,
Prêtez à mes transports vos sons mélodieux:
Qu'ils s'élèvent brillans à la voûte éthérée,
Dignes d'être écoutés dans les palais des Dieux.
A la rose modeste, échappée à l'orage,
Unissons le laurier du foudre respecté;
Donnons à Clodomir le prix de son courage,
Et donnons à Flora le prix de la beauté.

Quand Bellone agitait sa lance sanguinaire,
Au milieu des combats, guerrier, tu t'avançais;
Et toi, de son départ, plaintive et solitaire,
Jusqu'aux pieds des autels, Flora, tu gémissais.
Mais aujourd'hui l'hymen sous ses lois vous engage,
Rien ne troublera plus votre félicité.
Donnons à Clodomir le prix de son courage,
Et donnons à Flora le prix de la beauté.

Va, généreux guerrier, aux autels d'hyménée,
Serrer des nœuds tissus par la gloire et l'amour.
A tes chastes attraits, ô mère fortunée,
Que de jeunes héros devront bientôt le jour!
Fière de ton époux, en voyant ton ouvrage,
Flora, tu verseras des pleurs de volupté!
Donnons à Clodomir le prix de son courage,
Et donnons à Flora le prix de la beauté.

A ces nobles accents tous les échos répondent,
Le son des instrumens et les voix se confondent;

L'ivresse du plaisir brille dans tous les yeux,
Et les vœux et l'encens s'élèvent jusqu'aux cieux.
Près du temple paré la foule s'est rendue.
Clodomir par la main prend Flora descendue,
La conduit à l'autel. Alors les deux époux,
Remplis d'un saint respect, se jètent à genoux.
Des mains de Jéveski le pontife suprême
Prend le riche pavois; il l'élève lui-même,
Et sous le bouclier les amans sont placés;
Par le prêtre attendri ces mots sont prononcés:
Répétez vos sermens; la plus pure tendresse
Doit seule vous dicter cette auguste promesse:
Songez que vous parlez en présence des Dieux,
Et que tous vos sermens sont écrits dans les cieux.
« Je jure à mon épouse une amour éternelle,
Et je vivrai toujours pour la gloire et pour elle. »
Flora place sa main dans la main du héros,
Elle baisse les yeux et prononce ces mots:
« Je jure à Clodomir une constante flamme,
Et lui seul, à jamais, règnera sur mon ame. »
Les yeux levés au ciel: Epoux, je vous bénis,
Par la gloire et l'amour soyez toujours unis,
Dit le pontife saint. Et la foule attendrie
Suit le char emporté sur la mousse fleurie.
Jéveski tristement laisse voler le char,
Et seul, dans un bosquet, se retire à l'écart:
Ils sont heureux, dit-il, en essuyant ses larmes,
Du bonheur d'être unis ils vont goûter les charmes;
Ils sont sûrs de s'aimer: la gloire et les amours
Jusqu'au bord du tombeau vont embellir leurs jours.

Et moi, loin d'une amante, oublié, sans asile,
Je vais traîner le poids d'une vie inutile;
Tout respire pour eux la joie et le bonheur,
Et pour moi tout ici respire la douleur.
Je ne vous verrai plus, ô terres de mes pères!
Las de baigner de pleurs ces rives étrangères,
Je m'en vais me sécher comme un jeune arbrisseau,
Qui se meurt transplanté sous un climat nouveau.
« Quoi! Jéveski toujours manquera de courage,
Dit une voix qui perce à travers le feuillage!
A-t-il donc oublié le destin qui l'attend?
Ne se souvient-il plus de la voix qu'il entend? »
Jéveski se retourne, il voit Enna la belle:
« Oui, pour te consoler attentive et fidèle,
Attachée à tes pas, comme un génie heureux,
Je viens encor t'offrir mes secours généreux.
Mais les momens sont chers: la foule se retire;
En deux mots de ton sort ma bouche va t'instruire.
Mon père qui croyait embellir mon destin,
De l'opulent Sardof me proposa la main.
Pour sauver sa fortune et sa noble famille,
A ce Scythe sauvage il accorda sa fille;
Quoique opposée au nœud qui devait nous unir,
Aux ordres de mon père il fallut obéir.
Je sus de mon époux adoucir la rudesse,
Employant près de lui mes soins et mon adresse;
Je devins son amie, il compta sur ma foi,
Et de combler mes vœux il se fit une loi.
A nos derniers revers je le rendis sensible,
Je fus de ses bontés l'instrument invisible;

Dans l'ombre de la nuit, je pouvais quelquefois
Pour ouvrir les cachots faire parler sa voix.
Avec précaution j'usais de sa puissance,
Mais des yeux vigilans surprirent sa prudence :
Victime des soupçons, mon malheureux époux
Sous le fer assassin perdit le jour pour vous.
Je ne me livrai point à des larmes stériles,
Et j'osai concevoir des projets plus utiles.
Je prends de mon époux l'armure et le cimier,
Et, pour suivre vos pas, je presse mon coursier.
Je parcourus ainsi nos villes désolées,
Certaine, à mon retour, de les voir consolées;
Mon armure barbare inspirait la terreur.
Qui pouvait deviner mon sexe et ma douleur?
Chez le brave Otroski seule je me présente,
Je trouve dans l'effroi ta déplorable amante;
Elle apprend que j'ai su t'arracher au trépas,
Et que vers le midi tu diriges tes pas.
Elle pleurait, hélas! son amant et son frère;
Mais lorsqu'elle eut appris ton départ nécessaire,
Comme elle me couvrit de pleurs délicieux!
Comme sa flamme pure éclatait dans ses yeux!
Mille fois dans ses bras je me sentis pressée,
Mille fois sur mon sein je la tins embrassée.
Il vivrait! disait-elle, et je peux me flatter
Par de brillans exploits qu'il me peut mériter!
Ah! qu'il ne doute pas de ma tendresse extrême,
Il peut tout espérer; qu'il nous venge, s'il m'aime,
Et tout couvert du sang de nos fiers ennemis,
Qu'il vienne; je tiendrai tout ce que j'ai promis.

Allez, ne souffrez pas plus long-temps qu'il diffère.
Dans les murs de Lutèce il trouvera mon frère ;
Au-devant des périls qu'ils marchent les premiers ;
Qu'ils montrent le chemin à nos braves guerriers.
Je pars, j'arrive enfin : je m'informe en silence,
La renommée alors m'instruit de ta vaillance ;
Je te cherche par-tout, j'interroge des yeux,
Et j'apprends d'un guerrier que tu vis en ces lieux.
Mais qu'y fait Jéveski ? Plongé dans la tristesse,
Il outrage à la fois sa gloire et sa maîtresse ;
A d'odieux soupçons il ose s'abaisser.........
Il doit à son pays pour jamais renoncer.......
Il ne reverra plus le foyer de ses pères.......
Et cependant Luthard rassemble ses bannières;
Pour venger nos affronts il prend le glaive en main ;
Mars va monter bientôt sur son chariot d'airain ;
Luthard va s'élancer, et sa main foudroyante,
Jusqu'aux bords du Nestus va semer l'épouvante.
Tout pleins de son ardeur, entends-tu ses soldats,
En frappant leurs pavois appeler les combats ?
Les fils des Jagellons sous leurs drapeaux t'attendent,
Poniatoski, Jonchec, Otroski te demandent.
Clodomir va payer les dettes de l'amour,
Mais la gloire l'attend, la gloire aura son tour.
Ainsi que deux aiglons, les yeux brillans de joie,
Allez, d'un vol hardi, fondre sur votre proie. »
Elle dit : Jéveski s'éloigne des bosquets,
Et prend avec Enna le chemin du palais.

FIN.

www.ingramcontent.com/pod-product-compliance
Ingram Content Group UK Ltd.
Pitfield, Milton Keynes, MK11 3LW, UK
UKHW020459230726
13925UKWH00005B/2033

9 782014 064643